至亲的守候

有了心的平安

你知道无论走多远

无论有多难

都有一个属于自己的归地

至亲守候着你的心

心是离家日子里唯一的家园

留守情

思亲谣

LEFT-BEHIND LOVE
RHYMES FOR THE BELOVED

王大高·李玉燕写真图文集

中国民主法制出版社

目录

CONTENTS

回望

RECALLING

守望

WAITING

盼望

YEARNING

希望
HOPING

挂着两行泪，一步三回头。泪眼模糊中，父母、孩子、故土，渐行渐远……

客居他乡，满脑子

——是父亲脸上像刀凿出来的沟壑，是母亲头上岁月的风霜，是孩子不舍甚至愠怒的表情；

——是村里向晚的炊烟，是炉灶里噼里啪啦爆出的灶火，是母亲灶台上不停的忙活；

——是风雪呼啸的门外年轻的父亲扛着的柴草，是泥泞的上学路上父亲背着孩子的宽厚的肩背，是行将老去的父亲在土墙根的夕阳下守候的身影；

还有村里寂静的院落，一草一木，仿佛都在诉说岁月的沧桑……

回望

RECALLING

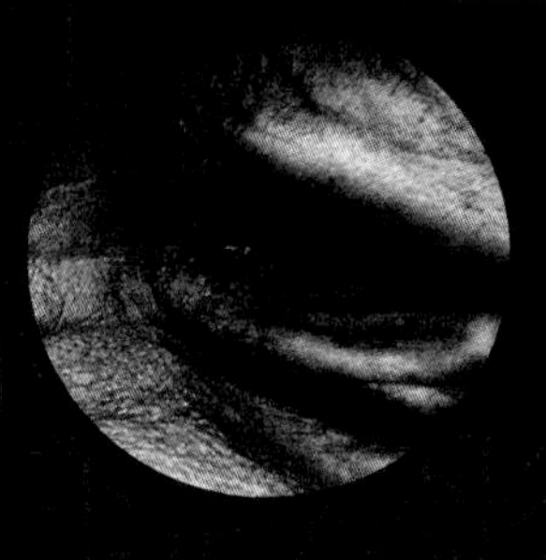

父　亲 | FATHER

拉扯儿女大半辈，　盖房立舍大半辈。
起早贪黑大半辈，　省吃俭用大半辈。
只要儿女能成人，　累垮筋骨也甘心。
一条皱纹一段情，　儿女永记父母恩。

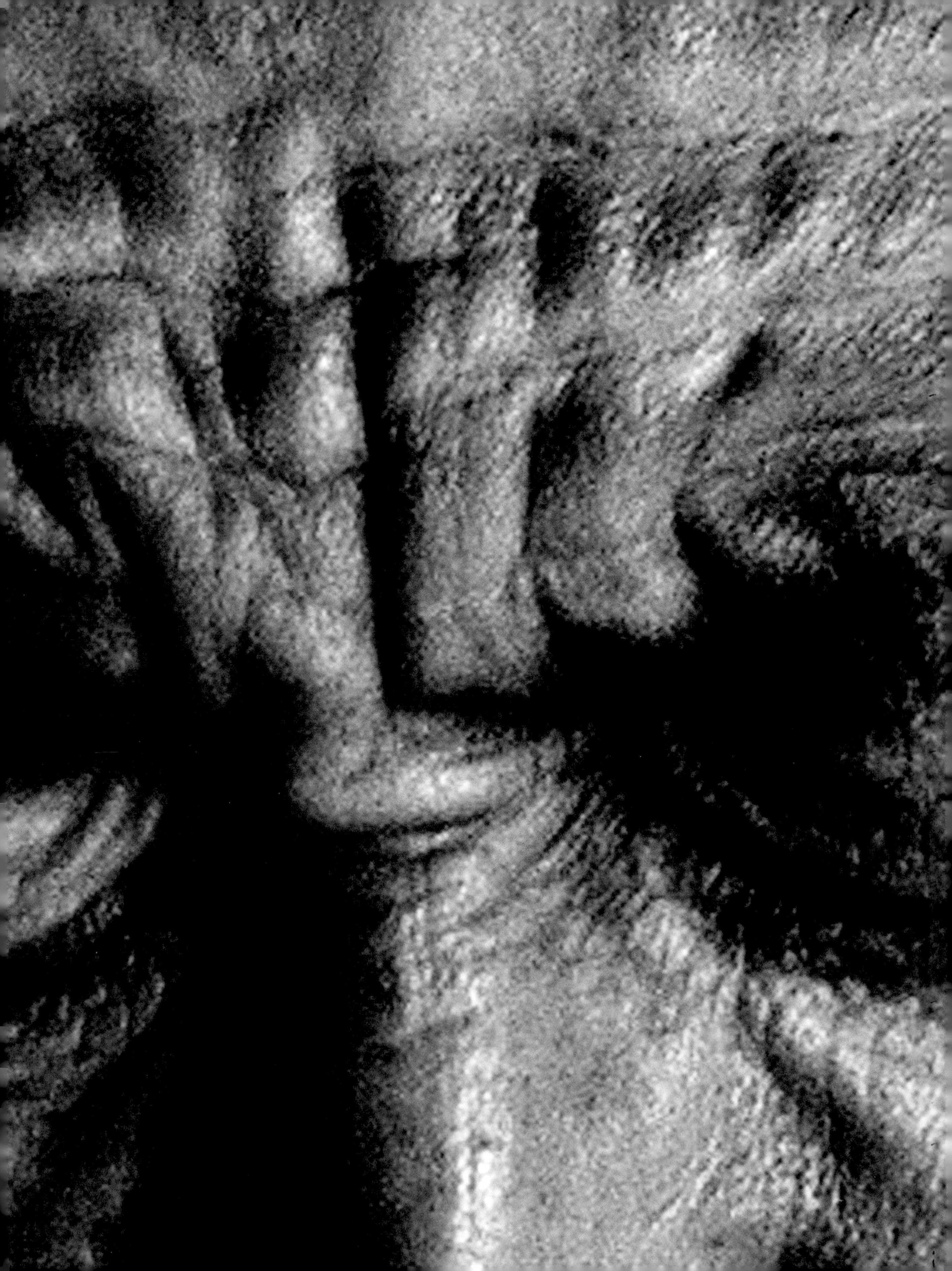

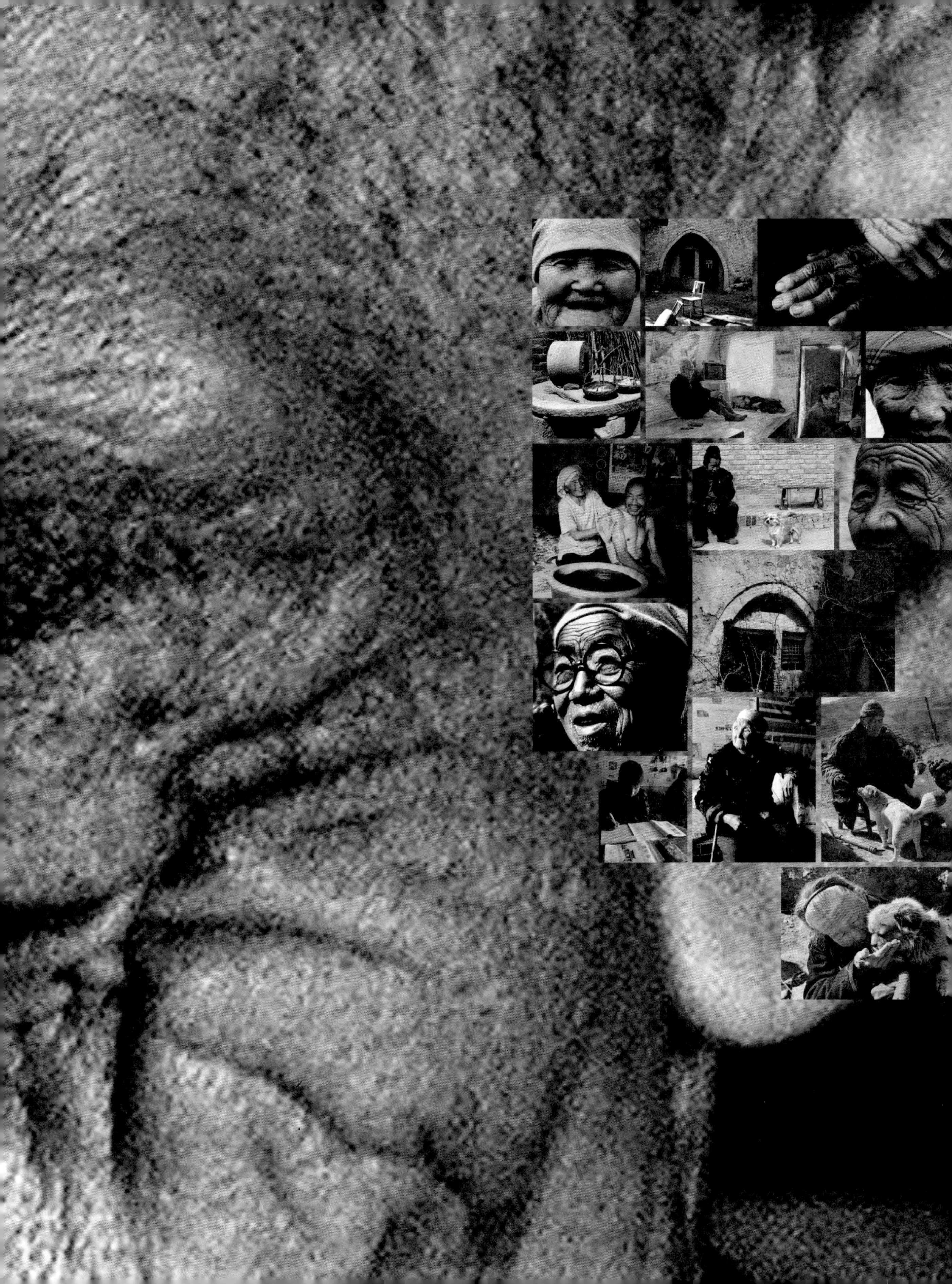

因上树受过你的骂，
因逃学挨过你的打。
沉着脸，不说话，
从小对你有些怕。

送我进城到村口，
猛回头，见你眼中闪泪花。
那一刻，耳旁一声响雷炸，
爹呀爹，你的爱比山大，
爹呀爹，原谅你这不省事的娃。

2009~2013 / 山西吕梁、忻州、运城、太原

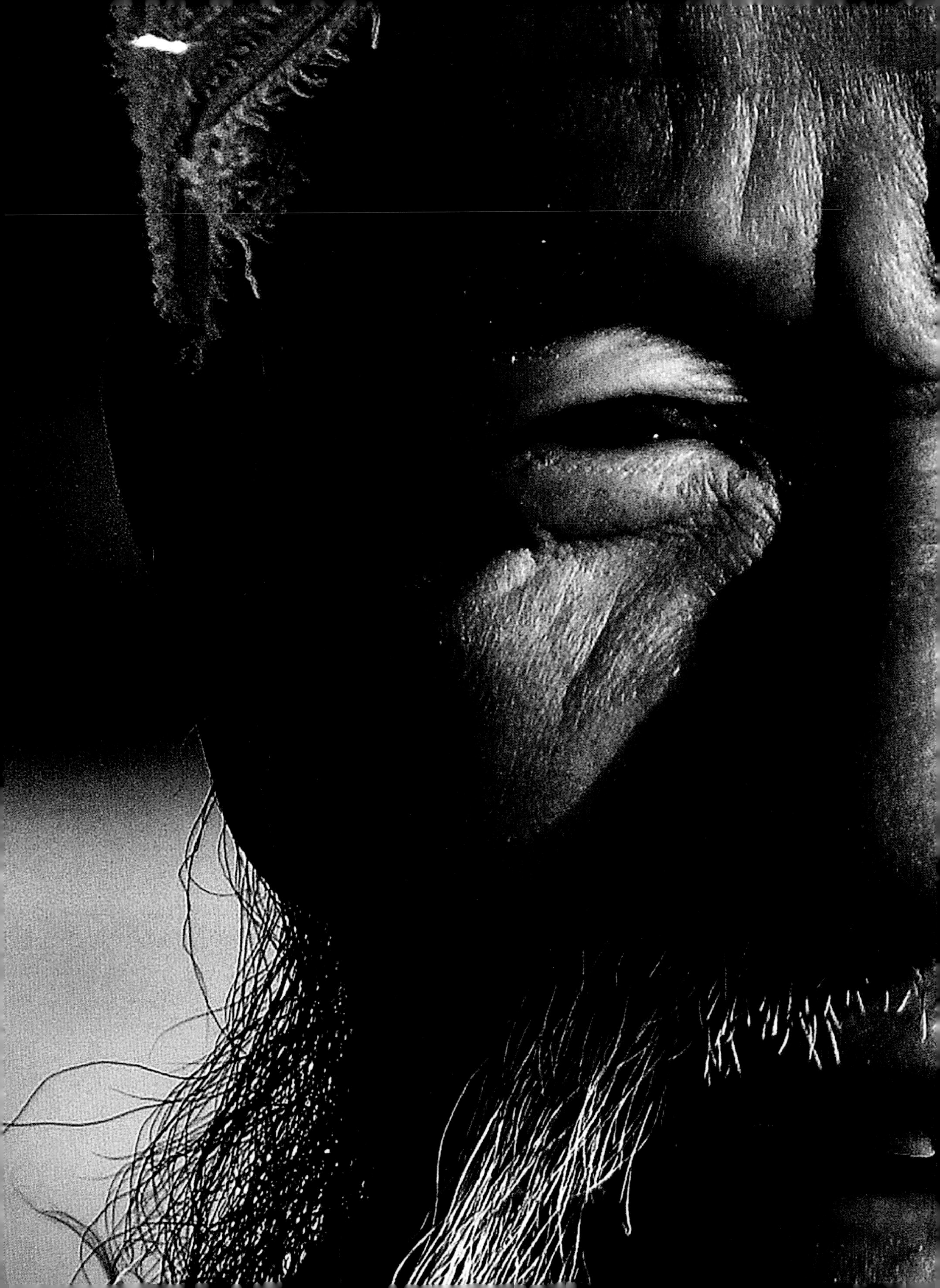

老爸是我家一根梁，
撑得起天，顶得起房。
老爸是全家一把伞，
挡得住雨，遮得住霜。

他是夏天的风，冬天的火，
全家人知热知冷度时光。
老爸是儿心里一座山，
久经沧桑见分量。

母　亲 | MOTHER

再苦，过年也要放鞭炮，
再穷，过年也要穿新衣。
咱不能让人小瞧咱，
人活要活得有志气。

儿时情景难忘怀，
娘的话语记心里，
儿也要做个有志人，
走南闯北，多挣多攒，
让老娘后半辈子有福气。

2010~2013 / 陕西汉中、山西吕梁、太原、运城

想，

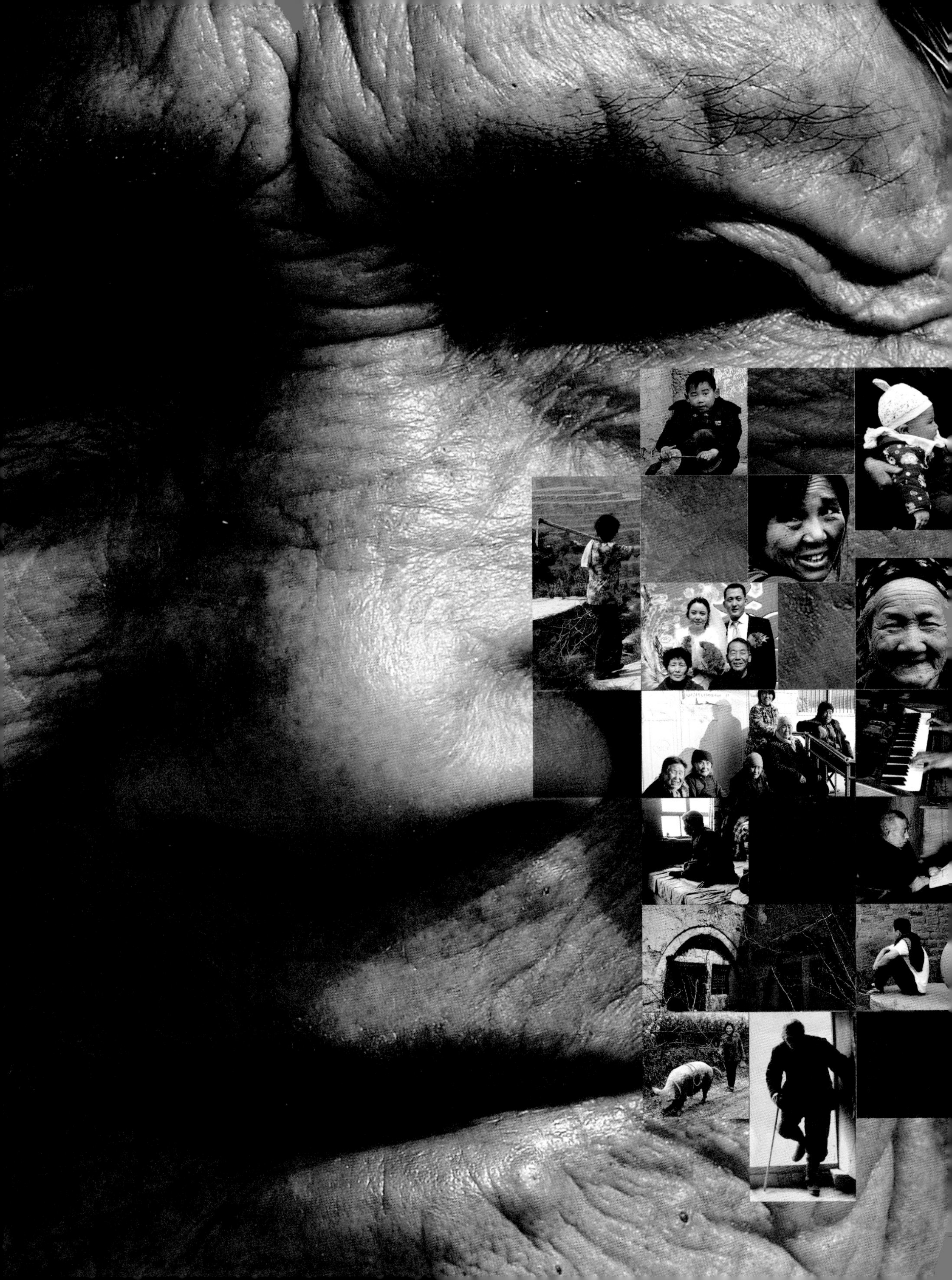

母亲的眼睛流过泪，
母亲的眼睛放过光。
母亲的眼里有期盼，
母亲的眼里有悲怆。

母亲的眼啊母亲的心，
母亲的情啊母亲的恩。
终生难忘母亲的眼，
看着我走南和闯北。

高飞的风筝一线线牵，
线头头在娘手里边。
儿在家没觉得有多想，
儿离家心里真熬煎。

娘知儿干的是下苦活，
娘知儿受人下眼观。
挣钱多少娘不嫌，
多来个电话报平安。

2012 / 山西盐湖区、垣曲县

母亲的手 | MOTHER'S HANDS

母亲的手，干枯的手，
岁月榨干手头肉。
母亲的手，扭曲的手，
苦难磨进骨里头。

母亲的手，刚毅的手，
托起全家少忧愁。
母亲的手，不歇的手，
还在洗衣、做饭、缝被褥。

2013 / 山西垣曲县

奶奶的银戒指 | THE GRANDMA'S SILVER RING

十三岁出阁的“陪嫁”，　九十年人生的“陪伴”。
苦难中磨出的银光，　是那样清清淡淡。
从白润丰腴到枯皱黑斑，　总戴得那么端正，那么庄严。
它很纤细，但很厚重，　教我怎样坚守，怎样关爱，怎样奉献……

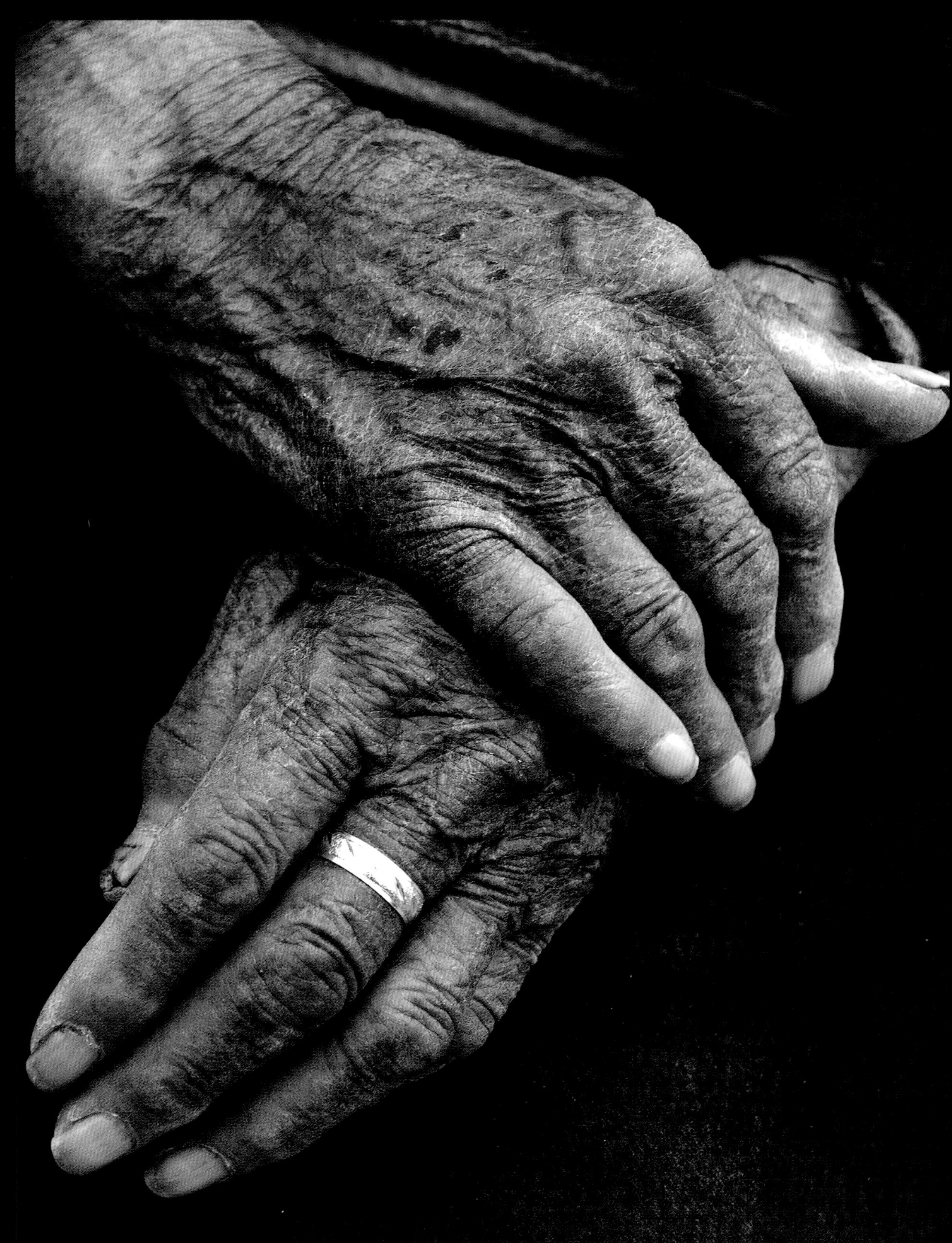

2013 / 山西夏县桑村

老支书的故宅

THE FORMER HOUSE OF THE OLD VILLAGE PARTY SECRETARY

两扇大门三眼窑，　五个大字映门额。
黄土养得浩气在，　小院风雨知多少。

为人民服务

空院落

THE EMPTY YARD

守望是母亲的辛勤的劳作，是灶房淡淡的麦秸燃烧的烟火；是深夜响起的缝纫机的轮转声，是清晨隐约传来的织布声。

守望是父亲逗弄的小狗，飞舞着冬日暖阳，吐着舌头散发着热气扑到他的怀里。

守望是父亲母亲的相濡以沫，“越老越知老伴亲，陈坛老酒味更长”。

守望是铺满田野的油菜花里守望着的绚烂花季，是上学路上的牵手，是奶奶孙孙的相互扶持。

守望是屋檐下朽坏的木椅，是墙角落寞的石磨。

守望如柔和而坚韧的空气，布满村庄的每一个角落……

守望

WAITING

守望 | KEEPING WATCH

土炕上有守望，　窑洞里有守望。
家门前有守望，　村庄口有守望。
守的是老家院，　望的是儿女归。
隔山隔水难隔情，　可怜天下父母心。

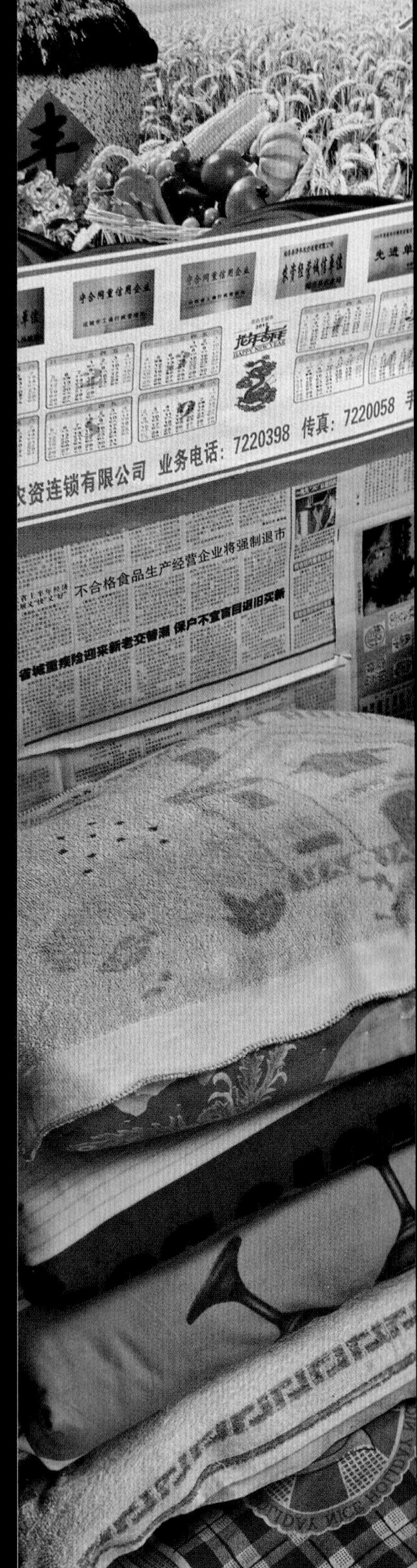

2011~2013 / 山西平陆县、夏县、闻喜县

在宾馆住了一日
597502
XINGFU
XINGFU

老来情更长

ONLY DEATH CAN KEEP US APART

大窑套小窑，　锅灶连土炕。
虽说儿女不在家，　有滋有味度时光。
你给我梳头发，　我给你“挠痒痒”。
越老越知老伴亲，　陈坛老酒味更长。

2013.3 / 山西闻喜县马鞍桥村

留守窑洞的老人

THE ELDERLY IN THE CAVE-DWELLING

儿孙入城去，　土窑难舍离。
老来两不厌，　相厮自有怡。

2010~2013 / 山西芮城县吉掌村、东大坡村

寿年丰庆新春
泰民
福
芮城电视台祝全县

运城日报
为弱者撑
路迈进
发展中国 繁荣中国 富强中国

福
96518

2013 / 山西闻喜县后宫乡

地窨院的老父亲

THE OLD FATHER IN THE CELLAR COURTYARD

一座地窨院，　　住了几辈辈。
冬暖夏凉身心爽，　苍天厚土养精神。
老爸就是参天树，　任凭霜打和风摧。
有他就有咱的家，　有家就有咱的根。

2012 / 山西平陆县安沟村

梦 | MOTHER IN MY DREAM

半夜做个梦，见到我亲娘。
身穿黑棉袄，坐在大门旁。
醒来难入睡，瞪眼到天亮。
电话打到家，娘却先开腔：
“昨夜梦见儿，连唤三声娘……”
娘的话未了，儿已泪成行。

能护院，能看门，
能认路，能逗人。

2009~2013 / 山西兴县、平陆县、夏县、芮城县

老人与狗

THE ELDERLY AND THE DOGS

能护院，能看门，　能认路，能逗人。
狗能通人意，　　　狗不嫌家贫。
好犬当半子，　　　一天笑几回。
虽说儿女不在家，　有狗作伴也占心。

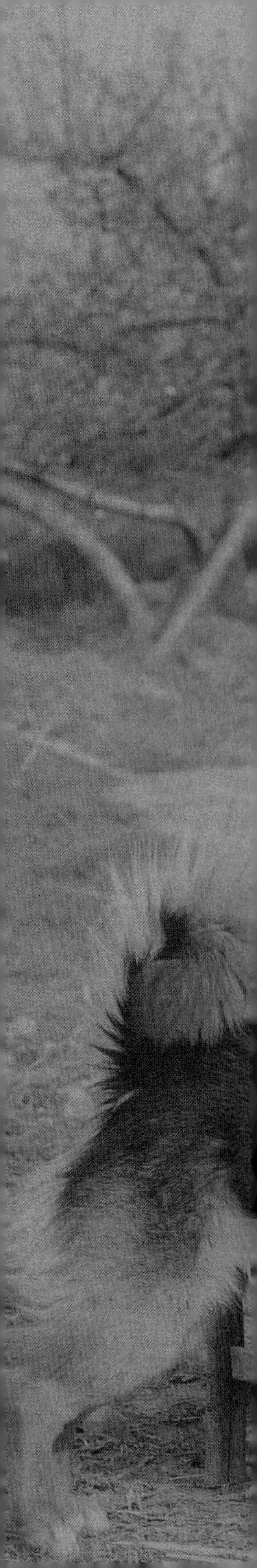

老人与羊

THE ELDERLY AND THE SHEEP

羊毛能纺线，　　羊皮能做袄，
羊粪能上地，　　羊肉烹炸炒，
羊的浑身都是宝。　不吃粮，只吃草，
不吼不叫不乱跑，　孩儿不在家，
有羊作伴少烦恼，　前后离不了。

2010~2012 / 山西夏县关庙前村、垣曲县黑山底村

铡　草｜CHOPPING HAY

软草要抚多，　硬草要抚少，
把铡讲轻重，　抚草凭手巧。
不要嫌它旧，　不要嫌它老，
咱这小山沟，　养牛离不了。

2012 / 山西稷山县长岭村

蒸馍馍 | STEAMING BUNS

拉风匣，
看灶膛，
柴儿虚，
火苗旺。

再等抽支烟，
请你尝一尝，
咱种的麦子好不好，
咱蒸的馍馍香不香。

2013.1 / 山西芮城县江口村

老　友

MEETING OLD FRIENDS

身边有老伴，　山中有老窝。
村里有老友，　经常唠唠嗑。
聊聊儿和女，　争争对与错。
说到伤心事，　也会把泪落。

2013.1 / 山西芮城县西庄村

卖酸枣 | PEDDLING WILD JUJUBE

山沟的小枣脆，　酸里透着甜。
就这一袋枣，　只要五块钱。
从东走到西，　从早喊到晚，
有天能卖几十袋，　有天还剩半篮篮。

2010 / 山西临县李家山村

背莲菜

CARRYING LOTUS ROOTS ON THE BACK

老汉背，　老婆跟，

老汉说，　快点跑，到公路口占个好位位。

361

2013.3 / 山西稷山县石佛沟村

挑茅粪的老汉

THE OLD MAN SHOULDERING MANURE BUCKETS

八十老翁不耐闲，　　依然包种十亩田。
早起晚归日赶日，　　春种秋收年复年。

2013.3 / 山西闻喜县坡申村

枕在砖头上歇晌的老人
THE OLD MAN TAKING A NAP ON THE BRICK PILLOW

干了半晌活，　　躺在山坡上。
脱下帽子放一旁，　枕在砖头上。
太阳当空照，　　浑身暖洋洋。
儿孙进城咱守家，　无拘无束度时光。

开摩托的老汉

THE OLD MAN RIDING A MOTORBIKE FOR EARNING A LIVING

老汉七十多，　　才学开摩托。

收豆角 | HARVEST, HAPPIEST

今年雨水旺，　　　玉茭苗儿壮。
间作套种占边行，　豆角长又长。
乘嫩采，连夜装，　天亮送到菜市场。
听说城里价又涨，　老汉心里喜洋洋。

2008 / 山西太原阳曲县凌井店乡河村

背柴翁

THE MAN TRUDGING WITH FIREWOOD

荒沟晚晖中，　走来背柴翁。
似闻气吁吁，　只见蹒跚行。

2012 / 山西稷山县长岭村

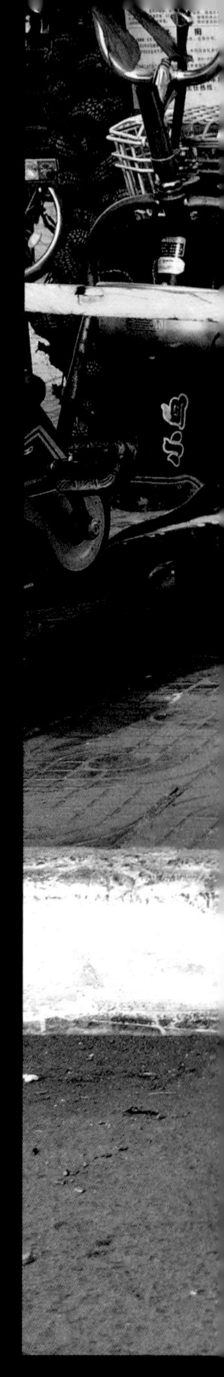

卖笤帚 | THE BROOMS FOR SALE

晚上在家里扎，　白天到集上卖。
忙上一冬天，　能挣千八百。
先买毡鞋脚上穿，　再买皮帽头上戴。
零花不向娃伸手，　还管全家油和菜。

2013 / 山西永济虞乡镇

伊利

2012 / 山西芮城县东大坡村

老汉说驴 | TALKING ABOUT MY DONKEY

家有三张嘴，　　长着八条腿。
两个会说话，　　一个会打滚。
拉碾凭它转圈圈，　　上集靠它赶天天。
来了生人靠边边，　　来了熟人撒欢欢，
它是老汉心尖尖。　　哈哈哈，它是啥？
小毛驴，答对啦。

麻仁滋脾丸
老屋·老照片
柔情

春　游 | SPRING OUTING

一个班，四个娃，　一个老师一间厦。
自带盒饭去春游，　照张相片寄爹妈。

2010 / 陕西汉中南郑县董家沟村

SEIS
ION

上学路上 | ON THE WAY TO SCHOOL

从前上学路，
说说笑笑一大群。
如今村里学生少，
多是爷奶送孙孙。

2013.3 / 山西闻喜县马鞍桥村

LITTLE

未满周岁的孩子 | THE BABY BOY

夫妻打工去，　留下小儿郎。
未满一周岁，　交给老爹娘。
推着童车去转悠，　顶在头上晒太阳。

2013 / 山西闻喜县上偏桥村

2013.3 / 山西闻喜县南白石村

奶奶和孙孙 | GRANDMA AND GRANDSON

我的好奶奶，
今年八十八。
父母进城不在家，
穿衣吃饭全靠她。

我的好孙孙，
懂事又听话。
帮我洗脚梳头发，
扶我去溜达。

看孙孙 | WITH MY GRANDCHILDREN

一个孙儿俩外孙，　　一个比一个差两岁。
儿女进城打工前，　　含泪把娃送过门。
一天到晚闲不住，　　吃喝拉撒都操心。
管了儿辈管孙辈，　　再苦再累也甘心。

2013.3 / 山西闻喜县、乡宁县

萬事如意步步高

2011 / 山西平陆县张店村

爷孙情 | THE LOVE OF GRANDPA AND GRANDSON

自从有了孙子，　爷爷成了孙子。
骑在身上摸鼻子，　爬到头上揪胡子。
儿子进城留孩子，　一会儿不见想孙子。
世人常说隔辈亲，　长大不知啥样子。

老小俱无猜

ENJOYING THEMSELVES RESPECTIVELY

人反对的我们就要拥护
护的我们就

盼望是孩子们眼睛里倒映着的迷路般的无助和不安。盼望的疼痛弥漫留守儿童的天空，撕裂乡村的童年。谁把孩子带到这个世界，谁又把孩子丢在远方？村口吃饭的孩子，望啊望，想见爹和娘！

盼望如洪水漫过心窝，让眺望山路的女人在思念中煎熬。何时，山沟的路上走来你熟悉的身影！

盼望是年迈父母的心碎的光阴：短墙下的冬日暖阳，盼望的目光被时光雕刻成凝固的残年。

盼望是城里打工族箭一样的归心：盼望见到病卧的爹娘，盼望见到操劳的媳妇，盼望见到望穿泪眼的娃娃。

盼望

YEARNING

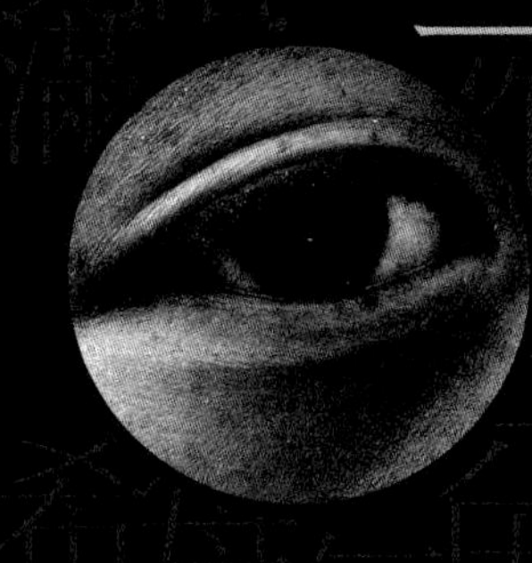

盼 | LONGING FOR PARENTS

眼无泪，神茫然。
上学路，形影单。
偎娘怀，梦幻间。
想见娘，盼过年。
想、想、想。
盼、盼、盼。

2010~2013 / 云南、山西、陕西

2010 / 山西运城盐湖区王过村

父女情 | FATHER AND DAUGHTER

梨园要疏花，　爸爸赶回家。
两月没见面，　喜煞小妮娃。
话够一车装，　笑声一路洒。
父女情意浓，　恰似满树花。

51826
G

端水迎客的小女孩 | WELCOME TO MY HOME

见有客人来，
端出一碗水。
笑出两酒窝，
声音更甜美。

问及爹和娘，
转身去屋内。
喝了孩子这碗水，
心中不知啥滋味。

2013 / 山西垣曲县西庄村

村口吃饭的孩子

THE BOY YEARNING, GULPING AND WAITING AT THE VILLAGE ENTRANCE

小呀小儿郎，　端起饭碗坐村旁，
身边菜花黄，　碗里米饭香。
低头吃一口，　抬头望两望，
望呀望，　心想见爹娘。

2010 / 陕西汉中

念，

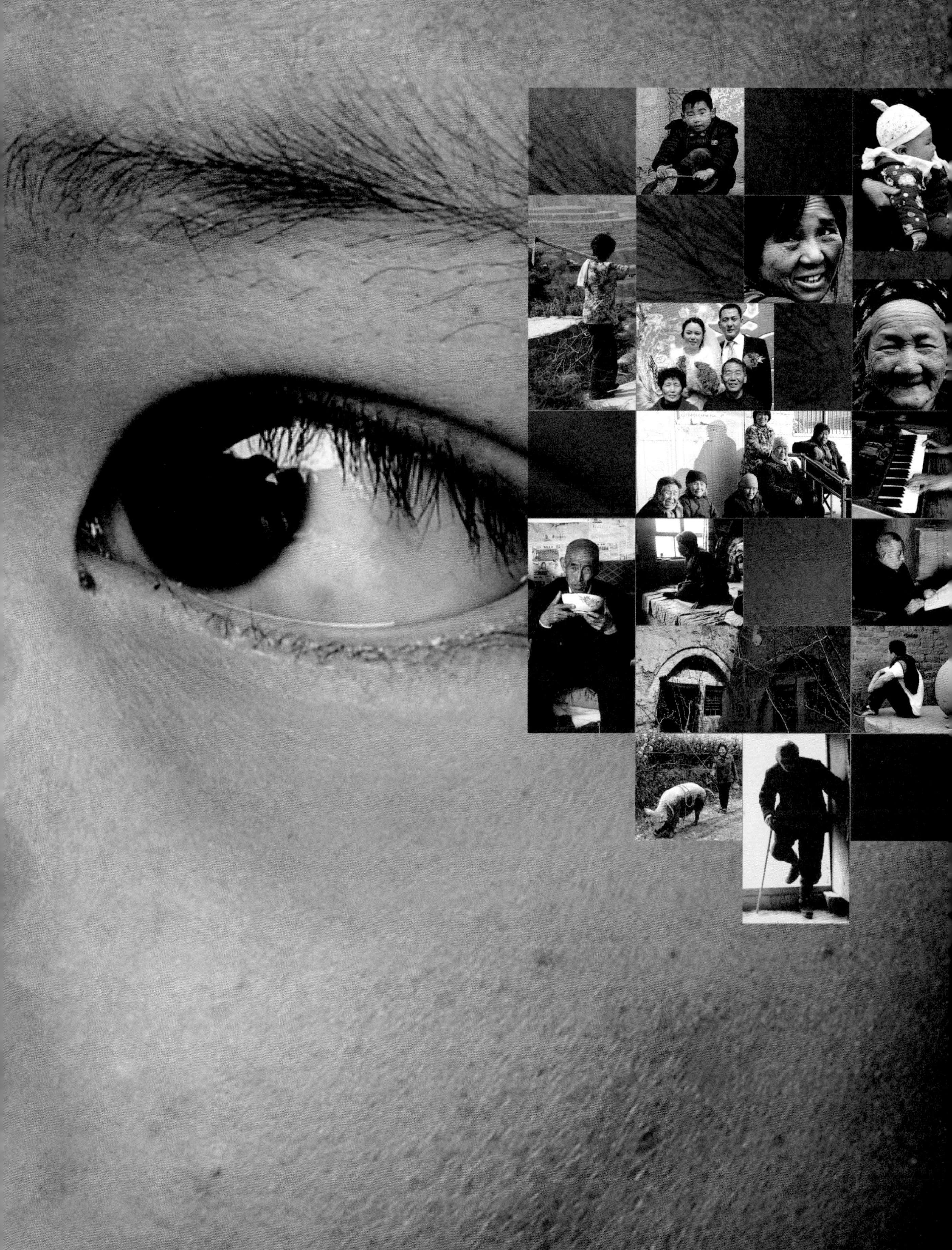

等爸妈

WAITING FOR OUR PARENTS

爸妈来电话，　今天要回家。
饭也不想吃，　哪也不去耍。
坐在家门口，　一心等爸妈，
我问是不是　只点头不说话

喜迎新春
喜居寶地千年旺
福照家門萬事興

眺望山沟的女人

THE WOMAN LOOKING INTO THE VALLEY FROM THE HILLSIDE

左肩搭毛巾，　右肩扛锄头。
伫立石坡旁，　举目望深沟。
丈夫出山时，　一步一回首。
多少思夫泪，　不在人前流。

2009 / 山西吕梁兴县

赶　猪 | DRIVING THE PIG BACK

丈夫进城前，　买只猪娃娃，
今日赶进城，　称了一百八。
不忍早变钱，　还要赶回家。
赶着猪，　想着他，
猪都长成一百八，　你咋不回家。

2010／陕西南郑县

2013.3 / 山西闻喜县坡申村

收药材的村妇

THE WOMEN HARVESTING MEDICINAL HERBS

平时干活各自忙，　抢收黄芩要搭帮。
村里缺少男劳力，　全靠妇女挑大梁。

2013.4 / 山西运城盐湖区北相镇

母子照 | MOTHER AND SON IN THE FLOWERS

一根根豆角一条条筋，小两口再远也连着心。
你莫让城里女娃耀花眼，你莫让工地的活儿压弯身。
咱家的宝宝一岁岁，一声声爸爸叫得亲。
今日个抱他到梨园里，照张母子照哟等你归。

男人明天要回家

THE HUSBANDS COMING HOME TOMORROW

明日清明节，
公公要回家。
媳妇逗婆婆，
给你戴朵花。

明日清明节，
儿子也回家。
婆婆嘱媳妇，
快快把鸡杀。

2010 / 陕西汉中南郑县黄家梁村

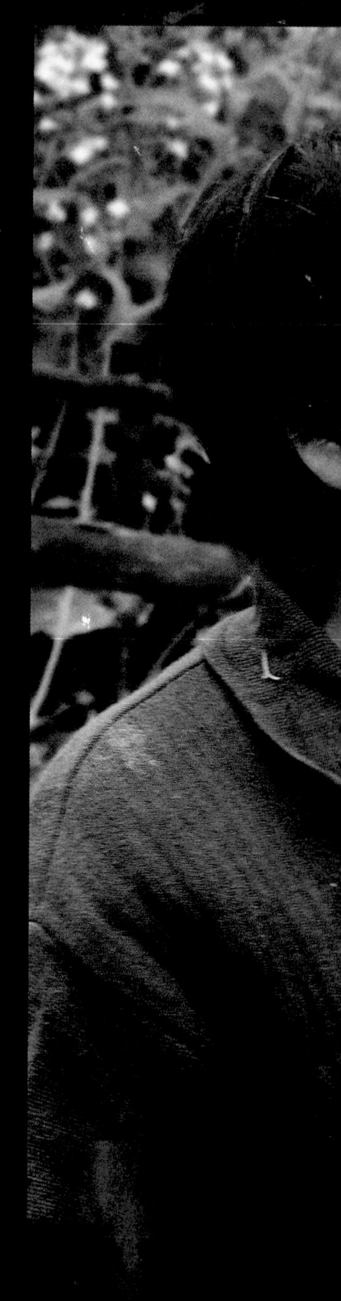

2013.3 / 陕西南郑

仨妯娌插秧

THREE SISTERS-IN-LAW TRANSPLANTING RICE SEEDLINGS

春分过，菜花黄，　　妯娌三人插秧忙。
轮换脱鞋下水田，　　轮换抱娃晒太阳。
家里的事啊地里的活，　　男人出外女人扛。
城里有打工挣钱的仨兄弟，　　村里有顶家守业的仨婆娘。

2012.3 / 陕西汉中

背草篓的女人

THE WOMAN WITH A GRASS BASKET

男人进城去打工，　　临走话儿记心中。
两人活儿一人干，　　家里地里一人撑。
养猪养鸡带娃娃，　　伺候公婆赛亲生。
一把镰刀一篓草，　　一张笑脸映花丛。

一年没见媳妇面

THE FIRST MEETING WITH MY WIFE AFTER A WHOLE YEAR

一年没见媳妇面，　　见了叫人好伤心。
皱纹多几道，　　　　白发添几根。
我知道你的苦与守，　我知道你的坚与忍。
一声谢字说不出，　　只有满眼泪。

2013.1 / 陕西汉寿县

骑摩托赶晌的女人

THE WOMAN GOING TO A FAIR BY MOTORCYCLE

鸡打鸣，天微亮。叫醒娃子上学堂。
煮好牛奶送公婆，再骑摩托去赶晌。
寒风凛冽不觉冷，再苦再累心欢畅。
只是夜深人静时，孤零零地熬呀，
死吧吧地想……

2013.1 / 山西平陆县安沟村

四季发财

2012 / 云南大理

娃子进城三年了

MY SON WORKING IN THE CITY FOR THREE YEARS

娃子进城头一年，　捎回一百八十元。
攥到春节团聚时，　给了孙儿压岁钱。
娃子进城第二年，　捎回一件花格衫，
白天叠好压箱底，　晚上取出放枕边。
娃子进城第三年，　一部手机交老伴。
忙时随身揣在怀，　闲时掂出看又看。

在家输液的老人

THE OLD WOMAN ON A DRIP AT HOME

老人躺在土炕上，　　儿媳照料在身旁。
输液的药袋袋，　　挂在一根树枝上。
不要问——　　为啥没去医院？
不要问——　　儿女远在何方？
想想这根树枝，　　看看老人目光。

2013.3 / 山西垣曲县峡口村

想孙子 | MISSING MY GRANDSON

想媳妇，想儿子，　其实最想是孙子。
又能说“OK”，　又能背唐诗。
开口会说普通话，　一年蹿高一截子。
手机里一声叫“奶奶”，半夜醒来还乐滋滋。

2013 / 山西运城万荣县汉薛镇

沁水县煤炭运销公
60
周
伴人风
采
健康水平
全科
医生
三文喜增家电大全
万事如意
电话：4655893

山村琴手 | THE VILLAGE MUSICIAN

老村摄景意正浓， 忽有清风送琴声，
循音寻径进窑去， 炕前练琴正专情。
老婆孩子去打工， 只身在家度营生。
搭班走事串乡里， 一年四季忙不停。

2001 / 山西吕梁临县

退休教师 | THE RETIRED TEACHER

当了半辈教书匠，　退休回到村里边。
儿女进城打工去，　自做自吃太孤单。
一张报纸翻几遍，　一本杂志看几天。
常年不见儿孙面，　做梦也想大团圆。

2012 / 山西芮城县江口村

2013 / 山西垣曲县、夏县

娃又走了

THE YOUNG PEOPLE ALL OUT FOR WORKING IN CITIES AGAIN

年过完了，　　娃们走了。
房又凉了，　　心又空了。
又该盼了，　　又要想了。
哎，孩子大了，我又老了。

中俄发表联合声明
仍有机会
1 2 3 4 5 6
7 8 9 10 11 12

老人与老树
THE OLD MAN AND THE OLD TREE

我无语，你无声，
往事似潮涌，
凄风苦雨何曾忘，
树痕斑斑已写证。
当年树下多喧闹，
如今一张小凳一老翁。
幸有老根在，
又见新枝生。

2013 / 山西闻喜县马鞍桥村

2013.1 / 山西芮城县江口村

望　眼 | LONGING EYES

夜风轻，月色淡，　寒窗里有老妈一双眼。
多长未见儿孙面，　掰着指头数天天。
有没有门环响，　　是不是孙儿唤。
明知今天回不来，　却还要不停抬头看。

甘愿承受，无怨无悔，大爱无言

希望是清汤寡水生活里的盐。

希望在奶奶煎的锅贴里，热气腾腾的炕头上，祖孙俩晚饭时看电视屏幕里领导人的挂念中。希望在村委会门前的暖阳里，老人们絮絮叨叨，述说着家长里短。希望在村头的欢声笑语里，新一代正在拔节成长。希望在电话的那一头，静默间感受对方的呼吸，传递着遥远而温暖的关爱。

希望在乡村的节日里。一年到头的回望、一年到头的守望、一年到头的盼望，如同奔涌的河流，蓄积了长久的情感，在节日的闸门里澎湃而出。

这是这个年代的中国农村的情感历程！

希望

HOPING

羡也，恩也，惠也，怜也，宠

中也，子乐也，文借也，慕也，静

隐也。静静的等待，

静的劳作。静静的包容，

2013.3 / 山西闻喜县南白石村

总书记挂念农民工
THE CARE FROM THE SECRETARY GENERAL

奶奶烧锅贴，　　孙子做作业。
做完作业吃完饭，　　早早坐在电视前。
北京城里开“两会”，　　农民工代表几十位。
总书记挂念农民工，　　代表委员都上心。
身处深山不觉远，　　祖国处处有亲人。

CCTV
聚焦两会
FADM.EST
FASHION

体　　检 | MEDICAL EXAMINATION

奶奶抱孙子，
来到保健站。
上边有规定，
年年要体检。

奶奶孙子都健康，
打个电话报平安。
进城儿女放宽心，
政府关照很周全。

2013.4 / 山西万荣县东文村

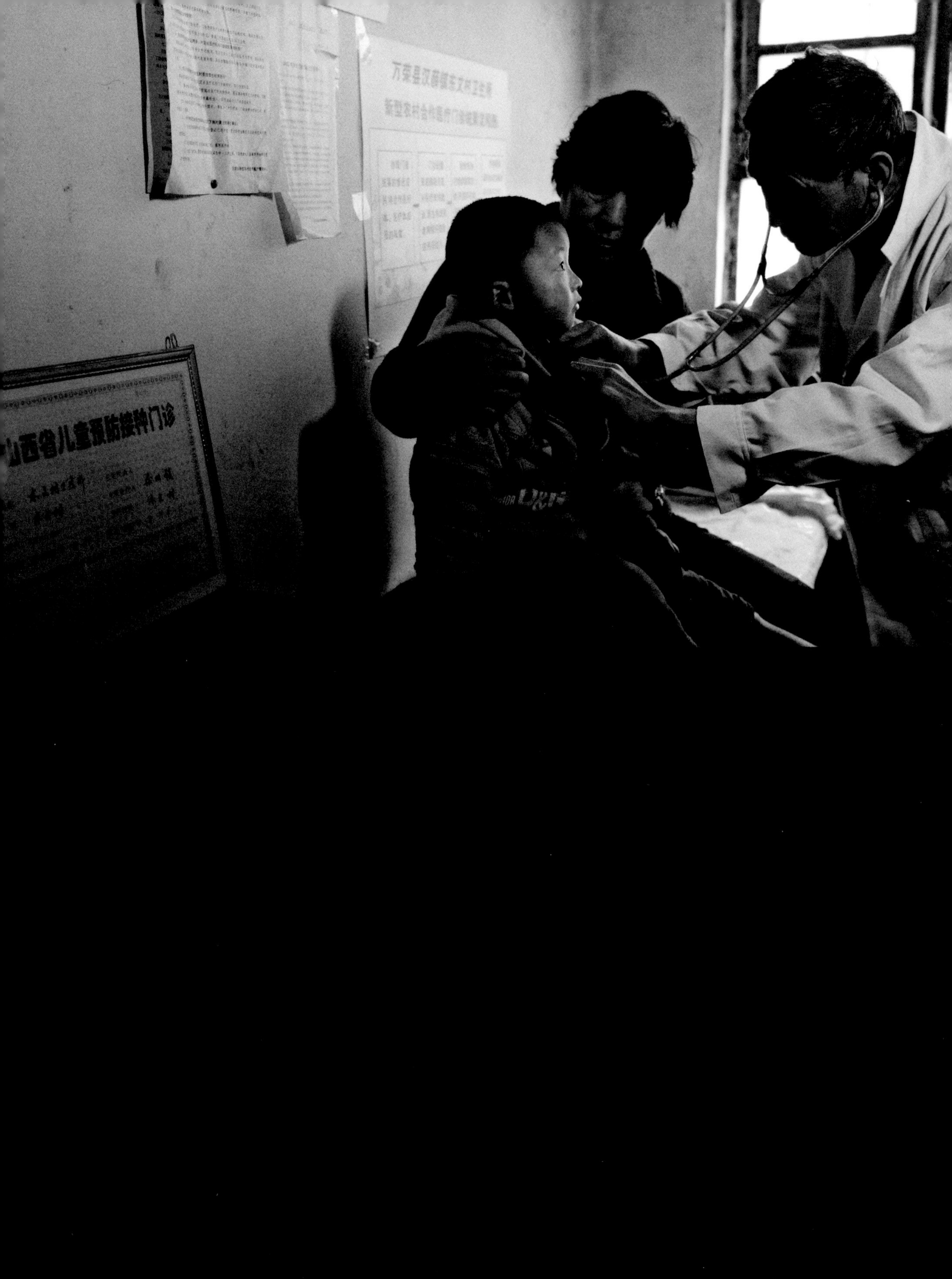
山西省儿童预防接种门诊

2013.4 / 山西万荣县东文村

政府是咱大靠山

THE GOVERNMENT, OUR STRONG BACKER

老汉六十九，　老婆七十三。
月月能领养老金，　按时打到折上边。
吃穿不用愁，　还有零花钱，
儿女在外也放心，　政府是咱大靠山。

晒太阳 | BASKING IN THE SUNSHINE

太阳一出暖洋洋，
村委门口晒太阳。
有的蹲，有的坐，
袖着手儿拉家常。

老年有补贴，
看病有保障。
人人都说政府好，
个个脸上泛红光。

2013.2 / 山西芮城县东吕村

欢声笑语溢山村
THE VILLAGE FULL OF LAUGHTER

政府拨专款，　　建设新农村。
儿童玩耍有乐园，　　老年活动有中心。
虽留守，不苦闷，　　欢声笑语溢山村。

2013.4 / 山西万荣县汉薛镇

2013 / 山西临猗县角杯镇

巷　议 | CHATTING

你娃回来是坐火车，　我娃回来是开汽车。
说完北京尘雾大，　又说高速事故多。
各地回来都在说，　不让大吃和大喝。
大酒店冷，小饭馆热，　新事奇事一大箩。

恭喜發財
喜迎四季平安福
樂接八方富貴財

2013 / 山西夏县庙前镇文家庄

试新衣 | TRYING ON MY NEW DRESS

腊月二十八，　　娃们回了家。
送双皮鞋给老爸，　　送件新衣给老妈。
当年试衣妈给娃，　　如今试衣娃给妈。
暖在身上乐在心，　　初二穿它回娘家。

BABY
宝宝

2013.2.29 / 山西万荣县汉薛镇北坡村

贴对联 | POSTING SPRING COUPLETS

年年春节贴对联，　旧院旧房旧门边。
今年有了高门楼，　咱家要贴大对联。
感谢党的政策好，　儿子打工挣了钱。
新房新院新照壁，　光景一年胜一年。

旺源財興家
恭喜
迎春接福

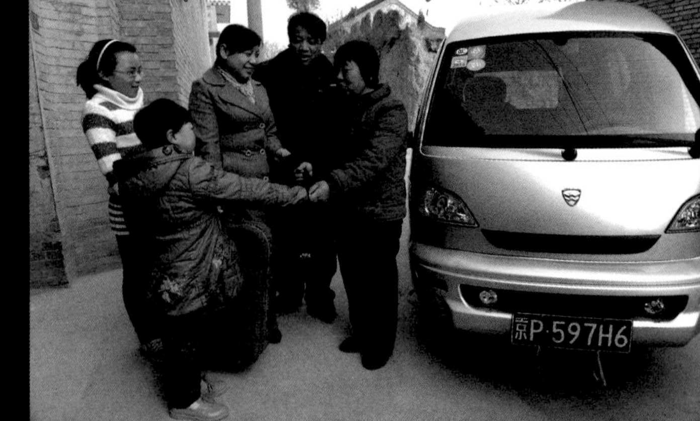
京P·597H6

好運

团圆年 | THE SPRING FESTIVAL REUNION

早也盼，晚也盼，　盼到过年大团圆。
一块儿放鞭炮，　一块儿贴对联。
一块儿包饺子，　一块儿看春晚。
搂着孙子唤儿子，　情连连，意绵绵。

2013.2.9 / 山西万荣县汉薛镇北坡村

吉
福
宝

山村婚事 | A WEDDING IN THE VILLAGE

打工哥，打工妹，　相识相爱在深圳。
更喜都是垣曲娃，　携手回家度新婚。
高接远送搬嫁妆，　返乡随俗背新娘。
跪拜高堂三叩首，　照完合影入洞房。

2013.3 / 山西垣曲县皋落镇柴火庄村

作　维护农民利益
阳光农廉网

庆
喜线

2012.12 / 老人原籍临汾乡宁，现住运城盐湖区

小脚老太 | THE OLD LADY WITH BOUND FEET

缠过脚，逃过荒，　辛酸话能装一筐。
都说老婆福分大，　熬到今日好时光。
孙子打工在广州，　买回电视又买房。
儿子媳妇都孝顺，　九十不老心欢畅。

剪纸老人 | THE OLD FOLK CRAFT ARTIST IN PAPER-CUT

不跟娃进城，　　不求报酬高。
一生清贫也精彩，全要一把好剪刀。
得过大奖上过报，传承遗产不动摇。
只有一件担心事，看的人多，
学的人少，　　　切莫失传了。

2012 / 山西芮城县东大坡村

花馍巧妇

THE WIFE DEFT AT STEAMED FLOWER BUNS

丈夫外出去打工，　　媳妇进了闻喜城。
学了一门好手艺，　　“北垣花馍”出了名。
“百花宴”进太原，　　“龙王宴”销北京。
政府搭台咱唱戏，　　巧手绘出大人生。

2013.2 / 山西闻喜县

福泰

2012 / 山西运城盐湖区五曹村

疏　花 | PRUNING FLOWERS

要想桃儿大，　就要早疏花。
爬高就低手过手，　浑身沾满花。
落花也值钱，　美容油里全靠它。
收花咱有土办法，　雨伞倒挂好接花。

祁村

NG IN MY OWN WAY

看戏。

的轿车来。

闹和自在。

DAYANG

2012 / 山西运城平陆县部官镇西祁村

老姐仨赶会

THREE OLD SISTERS ON THE WAY TO A VILLAGE FAIR

比比谁的棉袄花，　数数还有几颗牙。
看看谁的腰板硬，　说说娃子在干啥。
苦尽甘来老姐仨，　月月赶会走一搭。
喜事一串说不尽，　老脸笑成一朵花。

2013 / 山西临猗县吴王村

再难也让娃进城

NOTHING DISCOURAGING THE YOUNG PEOPLE FROM WORKING IN CITIES

感冒了，想吃药，　开水还得自己烧。
看不清，够不着，　取个物件也心焦。
要说不难是哄娃娃，在外不要把心操。
再穷不能辈辈穷，　苦汤不能一锅熬。
再难也让娃进城，　见见世面换换脑。
山外有山天外天，　走出深山天更高。

月
日
生活幸福平安

2013 / 陕西合阳县北付蒙村

我娃在外开饭店

MY SON RUNNING A RESTAURANT IN THE CITY

我娃在外开饭店，　　又卖饺子又卖面。
先广州，后西安，　　一年能挣好几万。
娃这俩钱不好赚，　　黑夜白天连轴转。
老人孩子没法管，　　两眼熬出“黑圈圈”。

奖状
奖状
同学在 学年度第 学期
成绩显著，被评为
特发此状，以资鼓励。
年 月 日
奖状
同学在 学年度第 学期
成绩显著，被评为
特发此状，以资鼓励。
年 月 日
进步生
奖给
好宝宝
曹天宇
奖给
小画家
曹天宇

2013.2 / 山西垣曲县车涧村

想当模特的小女孩
A LITTLE GIRL WITH A MODEL DREAM

十岁小姑娘，　　　　听说要照相，
放下书包倚门旁，　　摆出模特样。
美呀美花季，　　　　好呀好梦想，
小鸟要放飞，　　　　花蕾要绽放。

喜迎新春
開門見喜
福
131

孙女成了大学生

MY GRANDDAUGHTER GROWN UP TO BE A UNIVERSITY STUDENT

儿子经商进了城， 孙女上学去北京。
去年高考中了榜， 成了一个大学生。
祖祖辈辈种庄稼， 背着日头度营生。
穷家飞出金凤凰， 更喜儿孙好前程。

2013.2.9 / 山西万荣县汉薛镇北坡村

FASHION

京P·597H6
奖状
奖状
奖状
CCTV

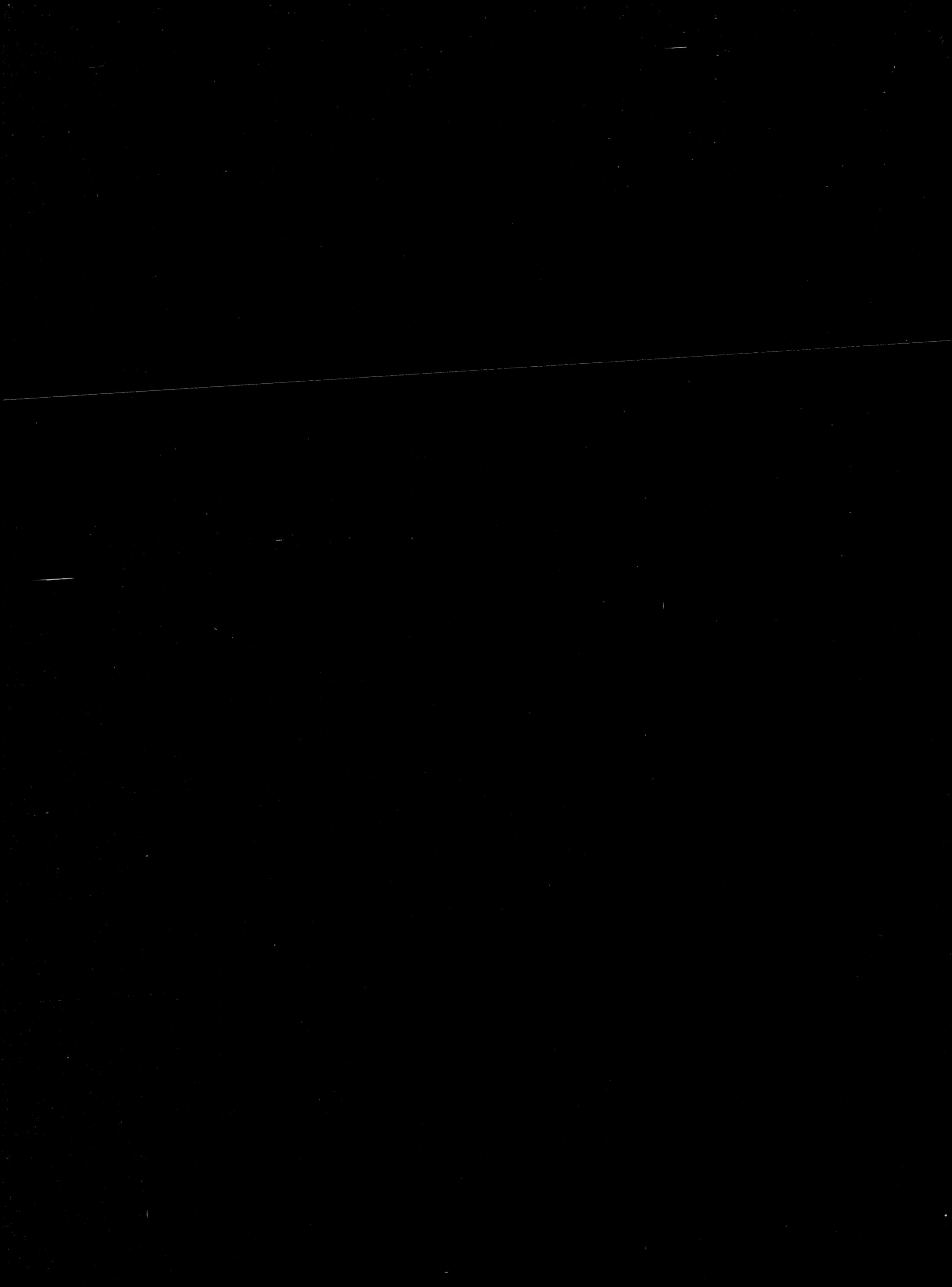

那种孤独、那种渴求、那种隐忍、那种刚毅

使我们不止一次心颤

也不止一次流泪

改革开放以来

每年有数以千万计的农民进城打工

至今已逾两亿

他们中的大多数是没有条件带老人及儿女一起进城的

书评

BOOK REVIEW

持久的感动和无限的敬重

张　平

全国人大常委会委员
民盟中央副主席
中国作家协会副主席

打开王大高、李玉燕夫妇这部反映留守老人、留守妇女、留守儿童生活的图文集《留守情　思亲谣》，一股浓郁的草根气息和强烈的视觉冲击扑面而来。通览全书，没有光影的雕琢和色调的修饰，没有华丽的辞藻和语句的堆积，但带给我们的却是挥之不去的沉思和刻骨铭心的震撼，还有持久的感动和无限的敬重。

一双干枯皲裂的《母亲的手》，岁月风霜夺走了它的光泽，无尽的劳作使它弯曲变形，但就是这双手支撑着持家和养育这双重的心酸与沉重，犹如岁月的年轮凸显着繁华背后的真实和艰辛。看《父亲》脸上一条条车辙般的皱纹，像是被长年风沙雨雪冲刷浸泡过的黄土地，隐含着民工潮伴随而来的绵绵无期的磨难和困苦。“伫立石坡旁/举目望深沟/多少思夫泪/不在人前流”，一如当年走西口留守妇女的企盼和悲怅；“饭也不想吃/哪也不去耍/坐在家门口/一心等爸妈”，恰似数以百万计留守儿童的倾诉和想望；“半夜做个梦/见到我亲娘/电话打到家/娘却先开腔/昨夜梦见儿/连唤三声娘/娘的话未了/儿已泪成行”，字字如泪，离愁别苦，让千千万万农村家庭的团聚成了奢求和梦想。一本图文集，几乎浓缩了一个时代。国家不断进步，社会快速变迁，但为了这辉煌和巨变而付出代价的人们，像这些为了“讨生活”而被迫离开家乡、离开父母、离开妻儿的农民工，像这些身边没有儿子、没有丈夫、没有父亲的留守老人、留守妻子、留守儿童，我们应该给予的关注却太少太少了。

迅猛发展的工业化和城市化进程，致使农村青壮年劳动力大规模地向城市转移，而农村出现的普遍的留守现象便是这种人口流动和二元体制壁垒下的衍生物与副产品：一方面是农民工离乡背井的艰辛劳作，另一方面是留守家人的沉重与苦涩。也正是他们的血汗泪水换来了城市生活的舒适方便，创造和推动了中国的经济奇迹和快速发展。这数以亿计的农民工，正是中国奇迹和发展的最有力最直接的推动者，然而从事着“廉价”而无休止劳作的他们，却很难得到社会的普遍理解和关爱，甚至常常成为受到城里人鄙夷和嘲弄的族群。其实他们的被边缘化最终也只能带来另一个结果，那就是城里人也逐渐被他们所边缘化。两个庞大的社会群体，难以相容的陌生化与相互之间的长期猜疑、撕裂的结果，只能使彼此间的距离越来越远，相互的关系越来越情绪化，甚至越来越敌对。对一个国家和民族来说，这很沉重也很危险。“如果有一天，我老无所依，请把我留在，在这春天里。如果有一天，我悄然离去，请把我埋在，在这春天里”。春节联欢晚会上两个农民工感人肺腑的演唱，曾打动了千千万万的观众，这既是令人唏嘘动容的真情流露，又何尝不是声嘶力竭的控诉和宣泄。为此我们在这方面曾做了很多融冰消雪的努力，而这部《留守情　思亲谣》，则应是最感人，最成功，也应是最具说服力，在这方面做了又一巨大努力的最新成果之一。这一幅幅场景实录，无不充满了强烈的人文情怀和神圣的社会职责，这些留守妇女、儿童和老人坚韧、乐观、顽强、豁达的生活态度也同样让我们深为感念，难以忘怀。

我同大高、玉燕夫妇相识已久，相知多年。他们二人长期从事基层党政工作，在老百姓心目中，始终持有扎实的口碑和良好的声望。年逾花甲以后，他们又怀着对农民、对农村的深厚情感，戴上了草帽，背起了相机，深入数省农村，穿破几十双布鞋，风餐露宿，走村串户，寻访记录，采风拍照，同时创作了百余首深受老百姓喜爱的通俗易懂却饱含深情的歌谣。锲而不舍，精诚不渝，前后历时四余载，在数万张照片中比对筛选，终于完成了这本沉甸甸的图文集《留守情　思亲谣》。他们这种默默的奉献精神和高尚的情怀与操守，使他们真正成为这个时代的榜样和楷模，同那些哗众取宠的网络走秀和那些华而不实的喧哗聒噪，有根本的不同。他们真正代表了社会的良知，体现了人生的终极价值。

为这本图文集写点感想，既是一个情感升华的过程、一个直面现实的过程，也是一个被感染、被激励的过程。感谢这些默默无闻的农民工兄弟和他们的家人为我们的社会发展进步作出的无私奉献和巨大牺牲。感谢大高、玉燕夫妇以及其他这些数不胜数的“社会良心”的坚韧不拔和持久努力，他们都是这个时代最需要的人，最可爱的人，最值得我们敬仰和珍惜的人。

相信这本图文集将会拥有广众的读者，也相信这本图文集会给不同的读者带来相同的和持久的感动与共鸣。

一切为了城市的乡村

叶敬忠

中国农业大学人文与发展学院
副院长、教授、博士生导师

我从事农村留守人口的研究迄今已经近十年了。回想每一次研究，在完成调查、撰写出文章抑或著作之后，我脑海里最深的记忆并不是那些数据或图表，不是对结论观点的长篇论述，而是我们走过的每一个村庄，是村庄里留守儿童纯真的笑脸和为家计分担的稚嫩肩膀，是留守老人遥望儿女的殷殷目光和被生活压弯的脊背，是辛劳持家的留守妇女隐忍的病痛和聊起心事时悄悄抹去的泪水。回想起每一次对留守人口的研究，最牵动心弦的是那些青壮年人口流出之后空寂落寞的村庄和那些在村庄里为生存而依然奔忙守候的人们。

这本厚重沉甸的《留守情　思亲谣》又一次把我的思绪带回了乡村，带回了我和我的同事在乡村进行研究的难忘岁月。感谢两位作者，已过花甲之年仍走遍中西部地区的沟壑山梁，用镜头留住了这些留守人口的生活图景，留住了属于当下这个特殊变迁时代的中国记忆。同样是关注留守人口，当面向广大读者时，学术研究在可及性和沟通性上始终有着一定的距离感；而《留守情　思亲谣》用直观的光影、质朴的语言跨越了这一距离，那些沧桑的皱纹和思亲的目光直击每个人的内心。感谢两位作者，用如此动情的方式将农村留守人口现象呈现给读者，用如此震撼的百余幅照片唤起全社会对农村留守群体的关注。我相信，看完这本图文作品的每个人心中都会涌起一份感动，而传达这种情感的并不是高精的摄影器材和两位作者对摄影技术的巧妙把握，而是他们在这个日益陌生的社会中依然坚守的人文关怀。

感动之余，胸中郁结的是挥之不去的沉重。黑白和昏黄是这本图文集的基色，彩色的作品只有寥寥几幅。我想，这样的安排应该不是偶然。冷色基调映衬的恰是农村留守人口在劳动力大量外出、家庭分离背景下的艰难处境。由于父母的外出，那些本应在双亲膝下承欢的留守儿童在生活照料、学习表现、内心情感等方面都受到了深刻的负面影响。由于父母监护的缺失，部分留守儿童甚至在生活中面临安全无保、学业失助、品行失调等成长风险。对于独自持家的留守妇女，“劳动强度高”“精神负担重”“缺乏安全感”成了她们日常生活的真实写照。她们不仅承受着因劳动负担造成的健康疾患，长期分离的远距离婚姻更让她们难寻亲密的情感抚慰与关怀。成年子女的外出务工使得农村老人的经济供养和生活照料被削弱；不仅如此，子女外出之后，农业生产、照看孙辈、人情往来等重负都压到了留守老人身上，很多留守老人的生活处境令人堪忧。“我的生活已经失去了色彩”，2007年当我在安徽省太湖县的一个村子里做调研时，一个父母在外务工的女孩这样描述她的生活。在这些图文作品中，我同样读到了这种低沉的呐喊。当然，留守人口的生活世界并非完全是黑白色的，正如作者所展示的，鲜亮的色彩跳跃在迎新年的财神画上、婚礼仪式上和归家亲人的脸上——家的团圆就是最可贵的温暖。然而，正是这样的温暖，在留守人口年复一年的守望中，显得格外的珍贵。

艺术的魅力在于它有限的格局中所触发的无限的想象与思考。循着照片中这些农村留守人口的目光，我们看到了他们那些为了家庭生计而在异乡拼搏的家人：在城市建筑工地脚手架上顶着烈日攀援施工的中年男子，在全球大企业的中国代工工厂流水线上每天工作十五个小时的年轻姑娘，在繁华都市的街道上摆卖水果摊又不得不时时警惕城管的农村夫妻……辛劳、疲惫、危险甚至凌辱，是他们每日生活的真实写照。这些城市务工者在流动与留守的分离中忍受着这一切，只因为他们身后牵系的是家庭的教育、医疗和生存，只因为以城市为导向的快速的中国式发展为农村社会的生产和生活带来的巨大改变：一面是几乎完全被货币化的农村生活，另一面是几乎完全流向城市的农村资源。循着照片中老人沧桑的目光，一面是$PM_{2.5}$迷雾笼罩下的城市钢铁森林正在快速蔓延，而另一面是，农业与农村——一个社会的生存之树被连根拔起，那里的人们正踌躇彷徨，无根飘零。

“留住情感”，的确，如本书想要传递的，被城乡壁垒分离两端的农村家庭正在努力维系着他们的血骨亲情；而同样要留住的，又岂止是农村留守家庭的亲情？我想，为农村留守人口所做的一切奔走呼号，更是为了守护整个社会最简单纯真的天道人伦，不要让这样的情感和美好遗失在拥有高度科技文明的现代中国。

心系留守者　歌尽有情人

田　甜

山西大学法学院民商法学硕士研究生

时代的洪流为我们带来了日新月异的生活，我们可以安然享受改革开放所带来的巨大物质财富，却无法回避安逸之下伴随而来的刺骨阵痛。其中，留守老人、留守妇女和留守儿童的出现，便是典型症状之一。然而对于这些善良的老人、勤劳的妇女、纯真的孩童，你可曾给予过关注？你是否知晓他们的孤独寂寞？又能否体会出他们在苦难中笑对生活的酸涩？《留守情　思亲谣》一书将为我们一一作出解答。

翻开《留守情　思亲谣》，你便会感受到作品中强烈的人文关怀，作者运用其独特、敏锐的视角，细腻、朴实的文字，引领我们走向留守者渴求、隐忍、刚毅的生活。与此同时，留守者的勇敢、坚毅、勤劳、乐观，也一次次地冲击、洗涤、丰富与净化着你我的心灵。也许你会说“留守”并不是自己所熟悉的范畴，但“思亲”却是我们每个人共有的情感。身为子女，特别是农村出来的孩子，谁不曾感受过父母的殷殷期望？谁又不曾体会过父母浓浓的深情？轻诵歌谣，凝望画面，那一句句直抵心间的文字，究竟承载了多少人的深情与厚意，那一幅幅温暖人心的照片又勾起了多少人的回忆与共鸣？

“年过完了，娃们走了。房又凉了，心又空了。又该盼了，又要想了。哎，孩子大了，我又老了。”读到这里，我想每一个在外的游子都会难以抑制内心对父母深深的歉疚吧。自己有多久没有回家了呢？虽然我不是外出的农民工，可自打上大学以后，基本上也就只有春节才在家中多待几日，至于其他的各种假期，似乎总被“更加重要”的事情所占据。爸妈，我着急准备考试和论文呢，就不回去了；爸妈，我要去外地参加学术研讨会，就不回去了；爸妈，我找了一个不错的实习岗位，就不回去了……似乎我每一声的“爸妈”后面，都必然跟着一句“就不回去了”。

山里的父母，梦想总是放在孩子身上的，他们的梦很简单，他们只是希望自己的子女能够走出山沟，能够改变贫穷的命运，不要再像自己一样面朝黄土背朝天。我的父母又何尝不是这样呢？为了实现所谓“吃供应粮”的梦想，他们狠下心来，凑钱给我买了个蓝皮儿户口本，那时的我太小，并不知道这究竟意味着什么，但父母眼中的喜悦和满足我却看得真真切切；为了实现做读书人的梦想，他们从来是自己省吃俭用，而在我的身上不忍“刻薄”半分。在他们的眼里，我的学业永远是最重要的，而我不回家的理由，他们不仅不忍拒绝，甚至还要心生些许愧疚，“爸妈都是农民，啥也不懂，啥也帮不上，你自己看，只要对你好，你就去做吧！”我们有太多的梦想要实现，但父母的梦想却只有一个，那就是我们！

可是我们又是否真的理解过他们呢？想到此处，一段与父母的平常对话开始在我耳边响起。那是偶尔的偶尔，父母试探着问我，“假期不是好几天嘛，在家少待几天不行吗？”我明显带着不耐烦的情绪抱怨，“哪有好几天啊，本来时间就短，再来回跑一趟多麻烦多浪费时间！”父母听完只好默默地应承，“哦，那你忙吧，自己在外头要事事小心。”影像里的我是多么冷漠无情啊！怎么就听不出父母简单的一声话语里包含了多少期盼和辛酸？我们总是借口忙学业、忙工作、忙奋斗，似乎在家里多待一天，在父母身边多陪一会儿，自己的未来就失去了太多的筹码。我们没有时间，没有心思去想象父母是如何在家中盼望着自己，我们或许从来都不知道，比学生更加盼望放假的会是我们的父母。

“孩子，什么时候放假，这次回来吗？”当你再次听到父母小心翼翼地询问时，你还忍心拒绝吗？当你看到他们眼中那灼热的渴盼时，你还忍心无视吗？小时候一到饭点，就能听到父母们在自家门前或者村头此起彼伏的呼喊，“某某，吃饭啦！”那时的我们不管玩得多开心，回家是多么的不情愿，心里总还是幸福和温暖的；但随着我们一天天长大，当我们开始一心想要振翅高飞的时候，我们是否还能忆起家中的老人，是否还能感受到他们在电话那头，喊你回家吃饭的心情呢？

心系留守者，歌尽有情人！凝望图片上慈祥的老人，遥想家中亲爱的父母，跟随作者的镜头轻吟浅唱，百感交集的心窗落满幸福的泪光。

后记

POSTSCRIPT

眼前经常浮现出那盼儿想女的沧桑老人的满脸皱纹，那盼爹想娘的幼稚孩童的无奈眼神，还有那苦中寻乐、笑对人生的生活场景。那种孤独、那种渴求、那种隐忍、那种刚毅，使我们不止一次心颤，也不止一次流泪。

为留守农村的老人、妇女、儿童照点图片，写点东西，搞个集子，初始我们并没有这个想法。只是近几年我们走进了他们的生活和情感世界，眼前经常浮现出那盼儿想女的沧桑老人的满脸皱纹，那盼爹想娘的幼稚孩童的无奈眼神，还有那苦中寻乐、笑对人生的生活场景。那种孤独、那种渴求、那种隐忍、那种刚毅，使我们不止一次心颤，也不止一次流泪。改革开放以来，每年有数以千万计的农民进城打工，至今已逾两亿。他们中的大多数是没有条件带老人及儿女一起进城的。这就是说，农村中留守的老人、妇女、儿童起码也有两亿之多。他们的生活、情感值得关注，也需要更多的关怀。近年来，各级党委和政府也采取了许多措施为他们排忧解难。这种在转型时期出现的社会现象，在中国历史上前所未有，今后也会不断减少或改变。我们夫妇俩都是有着四十多年党龄的老共产党员，也是多年的地方人大代表和政协委员，总想让各级党委、政府和社会各界更多地了解他们的真实生活，也想将这种历史的印迹记录下来。就是在这种情感与责任的双重驱使下，我们开始夙夜于此，尽心尽力去做好这件事。

我们喜欢摄影的时间不短了，也先后举办过一些个人影展，发表过一些作品。但是，在光影、色调和构图等方面我们还差得很远。这些图像只能说是真实的写照。至于如何配文，我们觉得还是俗比雅好，能让没有这些经历的年轻人看懂，能让有这些经历的中老年人回想，能让我们的后世追溯。在征求了很多朋友意见后，我们采取了这种图文集的形式。

打出小样后，我们邀请了几拨农民工和大学生来看图片，听我们念配诗，想看看他们的反应，听听他们的意见。没有料到的是，他们不约而同地掉下了眼泪，不约而同地说起了自己的父母，不约而同地要我们把这件事情办好，这也更坚定了我们出这部图文集的决心。我们知道，还有不少同仁也在用不同方式做这件事情，让我们共同把这件事情做得更好。

在二〇一三年三月初召开的全国人大十二届一次会议期间，我与中国民主法制出版社社长肖启明同志在一个工作场合相识。交谈中，我提及正在准备出一本反映农村留守老人、留守妇女、留守儿童生活实况和情感世界的集子，还为他念了几首配诗。他随即表示，这是一个非常生动、感人并且意义重大的题材，他的出版社愿意出版此书。第二日，他派人大出版分社副社长张涛和胡天焰编辑到山西代表团驻地找到我，翻阅了我随身携带的近二百幅照片和七十多首配诗。随后又派车接我到出版社共商了出版事宜。为了打造精品图书，他还专门请中国版协装帧艺术委员会副秘书长张赤兵先生找到了著名摄影家和平面设计师王春声先生担任本书的装帧设计，安排了经验丰富的杨柳女士担任责任编辑。王春声先生和杨柳女士几次告诉我，他们是含着泪水在设计这本书，几度因哽咽不得不停下工作，平稳情绪。肖启明社长的政治敏锐和雷厉风行的工作作风使我深受教育，王春生先生、杨柳女士的情感投入和恤民情怀使我深受感动。这本书的出版凝结了他们的心血，我再次向他们表示感谢!

在本书付梓之际，我们还要特别感谢王宁、王悦、武强、杜东明、涂向东、肖钢、张丽娜、丁洁、孙建刚、梁杰等老师和朋友的指导和帮助。

王大高　李玉燕

二〇一三年十二月二十四日

Nikon
Nikon

作者简介

ABOUT THE AUTHORS

王大高

男，一九四九年出生，山西省永济市人。参加工作后历任《山西青年》杂志社负责人，山西运城行署办公室主任、党组成员，新绛县委书记，运城地委政法委书记，运城地委委员、宣传部长，山西省煤运总公司党委书记，山西省委统战部常务副部长，山西省人大常委会委员、人事代表工委主任。中共山西省第九届委员会委员。

山西省摄影家协会会员、山西省企业家摄影协会名誉主席。作品曾入选《中国摄影年鉴》（山西卷）与平遥国际摄影展。荣获全国市长摄影展铜奖。《山西日报》《山西画报》等报纸杂志多次发表其作品，并于二〇一〇年在山西博物院举办个人影展。

李玉燕

女，一九四九年出生，山西省夏县人。参加工作后历任运城地委常委、共青团运城地委书记，运城县委书记，运城市政协党组副书记、副主席，市委统战部部长。山西省政协第七届、第八届、第九届委员。

中国摄影家协会会员。近年来先后在运城举办过《天鹅》《菊花》《沙漠之魂》等三次个人影展，作品《图腾》曾荣获“山西省第十九届摄影展优秀奖”。《中国摄影报》在不同时段刊发了《前行》《晨栖》《天鹅湖》《残》等四幅作品；《山西科技报》《黄河晨报》和运城电视台等多家媒体多次刊登和播放个人影展报道。

图书在版编目（CIP）数据

留守情　思亲谣 / 王大高，李玉燕著．—北京 ：
中国民主法制出版社，2014.1
ISBN 978-7-5162-0463-4

Ⅰ．①留… Ⅱ．①王… ②李… Ⅲ．①纪实文学—作
品集—中国 Ⅳ．①I25

中国版本图书馆CIP数据核字(2013)第215588号

图书出品人：肖启明
责 任 编 辑：杨　柳
装 帧 设 计：王春声　李金刚
责 任 校 对：姚丽娅　常高峰

书名 / 留守情　思亲谣
LEFT-BEHIND LOVE, RHYMES FOR THE BELOVED
作者 / 王大高　李玉燕

出版・发行 / 中国民主法制出版社
地址 / 北京市丰台区玉林里7号（100069）
电话 / (010)63056573　63058790（编辑部）　63055259（总编室）
传真 / (010)63056573　63058790
http://www.npcpub.com
E-mail:mzfz@npcpub.com
开本 / 16开　787 × 1092
印张 / 17　字数 / 20千字
版本 / 2014年1月第1版　2014年10月第2次印刷
印刷 / 北京图文天地制版印刷有限公司

书号 / ISBN 978-7-5162-0463-4
定价 / 88.00元